Until Death

Brings Us Together

Lumiel H. Nox

Impressum:
Bibliografische Information der Deutschen Nationalbibliothek. Die Deutsche Nationalbibliothek verzeichnet diese Publikation in der Deutschen Nationalbibliografie; detaillierte bibliografische Daten sind im Internet über http://dnb.d-nb.de abrufbar.
Veröffentlicht bei Infinity Gaze Studios AB
1. Auflage
März 2024
Alle Rechte vorbehalten
Copyright © 2024 Infinity Gaze Studios
Texte: © Copyright by Lumiel H. Nox
Illustration S. 16: © Copyright by Dom Valecillo
Cover & Buchsatz: Valmontbooks
Sonstiges Bildmaterial: Canva, Pixabay, Midjourney
Das Werk ist urheberrechtlich geschützt. Jede Verwertung außerhalb des Urheberrechtsgesetzes ist ohne Zustimmung von Infinity Gaze Studios AB unzulässig und wird strafrechtlich verfolgt.
Infinity Gaze Studios AB
Södra Vägen 37
829 60 Gnarp
Schweden
www.infinitygaze.com

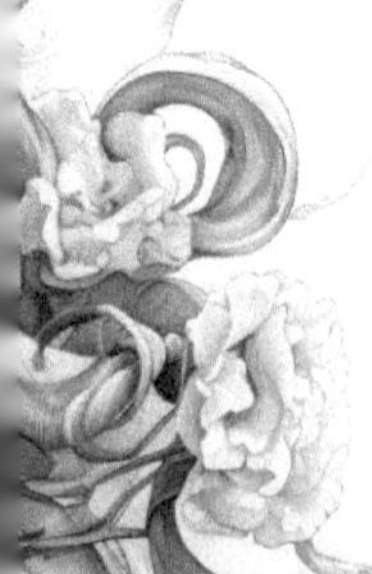

Kapitel 1

Mein Liebster,

ich hinterlasse dir diese Zeilen, um dir meine ewige Liebe zu verdeutlichen. Dir zu zeigen, dass ich dich in jeder Lebenslage bedingungslos verehre und deine Nähe der Hafen meines Friedens ist. Du hast mein Herz vor einem Jahrzehnt gestohlen, und es werden noch unendlich viele folgen. Denn nun lebe ich hier ... mit dir ... in dieser Welt der Ewigkeit auf der anderen Seite. Es ist dunkel an diesem Ort, doch deine Liebe spendet mir Licht und Wärme und bahnt mir immer wieder den Weg in die richtige Richtung. Trotz der Umstände habe ich meine Entscheidung keineswegs bereut, ganz im Gegenteil, ein Leben ohne dich auf der anderen Seite wäre viel weniger lebenswert.

Es wäre wie der letzte Marsch mit Kurs auf das Podest des Galgens. Du bist mein Herz, mein Seelen-verwandter. Beinahe könnte man behaupten, mein besseres Ich. Wann immer du meinen Rat, meinen Halt oder meine Zuflucht benötigst, ich bin da.

In ewiger Liebe,

Deine Leandra

KAPITEL 2

DEINE RÜCKKEHR

Gott im Himmel …

Meine Hände, wie sie schwitzen.

Wenn du doch nur sehen könntest, wie aufgeregt ich bin. Unruhig wickel ich meinen rechten Zeigefinger immer wieder um das kleine Fädchen Garn, welches sich aus dem Korsett meines Kleides gelöst hat.

Ich bin mir ziemlich sicher, dass es dir gerade genau so ergeht wie mir. Immer wieder lässt mein Kopf den Moment von vor sieben Jahren Revue passieren. Ich kann mich noch lebhaft daran erinnern, als wäre es gestern gewesen.

Wir standen exakt hier an der gleichen Stelle, an der ich nun auf deine Heimkehr hoffe.

Auf dem Absatz unserer kleinen Scheune. Seitdem du fort bist, lebe ich hier mit meinem Vater. Er unterstützt mich in all der Zeit.

Die Wiesen hier sind immer noch genauso grün. Vater hat sogar Gemüse und einige wunderschöne Blumen gepflanzt.

Lediglich die sperrige Holztür unseres Heims hat sich im letzten Jahr vollends verabschiedet, und wir mussten eine neue einbauen. Dein braunes, zerzaustes Haar fiel dir immer wieder ins Gesicht, als der Wind erneut Anlauf nahm und keine Gnade kannte.

Wir lachten, berührten uns, und deine tiefbraunen Augen taxierten die meinen. Doch neben all der Liebe und Neckerei stand die eigentliche Tatsache, dass du mich verlassen musstest. Der Krieg zweier Ortschaften hatte in kürzester Zeit ein blutiges Intermezzo hinterlassen. Es hatten viel mehr junge Männer gekämpft, als man den Bürgern verraten wollte, und es waren mehr gestorben, als man sich nur vorstellen mag. Ehefrauen mit kleinen Kindern und Säuglingen. Mütter, Geschwister und Kranke.

Sie alle standen dort an dem Graben des Verlustes. Herzlos wurden die leblosen Körper in diesem verscharrt, und der Krieg kannte kein Ende, keine Gnade.

Auch die vor Schmerz erfüllten Schreie der Frauen konnten die Schüsse der Waffen nicht übertönen.

Aufgrund dieser tragischen Tatsache, dass sich der Verlauf zwischen zwei benachbarten Ortschaften ungeplant und eskalierend entwickelte, kam es dann schließlich dazu, dass auch du mich verlassen musstest, mein Liebster. Sieben Jahre später sitze ich hier und bin dankbar. Ich könnte vor Liebe platzen. Sobald ich deine Silhouette in der Ferne ausmachen kann, werde ich mich von dieser schmutzigen Erde erheben, meine Beine in die Hand nehmen und dir entgegenlaufen. Ich werde rennen, wie ich es noch nie in meinem Leben getan habe.

Mein braunes, langes Haar wird mir sicherlich immer wieder ins Gesicht wehen, ich werde mein beiges und leicht verschmutztes Kleid am Saum packen müssen, um einen Schritt nach dem nächsten zu wagen, und es wird mir völlig egal sein. Denn ich laufe dir in die Arme, mein lieber Arvid. Meiner großen Liebe. Du lebst, und ich darf eine dieser glücklichen Frauen sein, die dich zurück in ihr warmes Heim begleitet. Ich kann mich nicht daran erinnern, jemals so viel Dankbarkeit empfunden zu haben. Mittlerweile waren knapp fünfzehn Minuten vergangen, und wir hätten uns längst in den Armen liegen sollen. Die heiße Mittagssonne scheint direkt auf meinen Kopf und sorgt für eine beengende Hitze, die mir langsam aber sicher den Verstand raubt.

Neben der Tatsache, dass meine Aufregung und mittlerweile auch ein Funken Sorge mich innerlich zerfressen.

Wo bleibst du nur, Arvid? Spann mich nicht länger auf die Folter. Pflückst du vielleicht gerade noch ein paar bunte Blumen von den Feldern, bevor du mir gegenübertrittst? Glaub mir, das ist wirklich nicht notwendig. Ich sehne mich so sehr nach dir, ich kann es nicht mehr aushalten. Keine Sekunde ohne dich mehr ertragen ... Mit einem Mal schrecke ich hoch. Eine große, warme Hand legt sich von hinten auf meine rechte Schulter nieder, und panisch schaue ich auf. Aber du bist es nicht. Es ist Vater. Er muss die Angst in meinen Augen bereits erkennen können. Hätte man mich nicht darüber benachrichtigen müssen? Wäre dir etwas zugestoßen?

„Er wird jeden Moment eintreffen, mein Kind. Ich bin mir sicher."

Liebevoll drückt er meine Schulter und schenkt mir wieder dieses herzliche Lächeln. Ich liebe es, wenn diese ... kleine Grübchen sich in das rundliche Gesicht meines Vaters graben. Sein weißer Bart lässt ihn friedvoll wirken. Seine Ausstrahlung hatte schon immer etwas Besonderes. Ich konnte Mutter in ihrer Anziehung gegenüber Vater nachvollziehen. Er ist ein toller Mensch. Also lächle ich zurück in der stillen Hoffnung, dass er

Recht behalten würde. Doch meine Enttäuschung nahm zu. Von Minute zu Minute und von Stunde zu Stunde.

Mittlerweile bricht die Dämmerung ein. Es ist kurz vor neun. Mir ist schlecht. Mir ist kalt. Meine Hände haben sich über die Stunden hinweg verkrampft. Meine Finger mussten sich seit einer kleinen Ewigkeit in meine Oberschenkel gebohrt haben, denn ich kann sie kaum noch spüren. Mein linker Mundwinkel zuckt. Ein Tick, der immer wieder unberechenbar wird, sobald ich aufgeregt und angespannt bin. So wie jetzt in diesem Moment, und diese Definition ist mit Sicherheit noch untertrieben. Die Sicht in weiter Ferne beginnt zu verschwimmen. Es fällt mir immer schwerer, die aufkommenden Tränen noch zu unterdrücken. Ich will diesen Platz nicht verlassen. Ich will nicht in unser Eigenheim treten, nicht wenn du nicht wie geplant an meiner Seite bist. Falls das hier alles ein gemeiner Streich sein soll, dann ist er mit großer Gewissheit alles andere als gelungen, geschweige denn lustig.

In meinem Kopf male ich mir bereits aus, wie ich dir meine kleine Faust dafür auf die Brust schlage. Solange, bis wir nicht mehr damit aufhören können zu lachen, bis unsere Blicke immer intensiver werden und wir uns schließlich in einem sinnlichen Kuss verlieren. Fernab von Ort und

Zeit. Doch vielleicht würde es dazu nie wieder kommen …

„Leandra?", höre ich die tiefe Stimme meines Vaters erneut. „Leandra, komm herein, mein Schatz. Lass uns etwas Warmes trinken. Hier draußen wird es langsam kalt."

Wie kann er nur davon ausgehen, dass ich in der Lage dazu bin, mich in die Scheune zu setzen, um etwas zu trinken? Hat er denn den Verstand verloren? Ich sitze hier auf dem Absatz des Heims. Inmitten all dieser strahlenden Blumen, und in mir beginnt alles zu verderben. Ein Gefühl von Tod, Verrat und Herzschmerz. Plötzlich geschieht etwas mit mir. Ich kann es nicht kontrollieren. Die heißen Tränen auf meiner hellen Haut sind nicht mehr zu halten. Ich springe auf, greife nach dem Saum meines Kleides und renne. Ich renne wie noch nie zuvor in meinem Leben. Bereits nach wenigen Sekunden beginnt meine Lunge gefühlt in Flammen zu entfachen. Mein Brustkorb brennt, und mein Blut beginnt zu kochen. Doch es stört mich nicht, denn es überdeckt das Gefühl des Verlustes, ein Schmerz, der noch viel größer ist, als das gnadenlose Brennen in meiner Brust. Jedoch laufe ich nicht auf dich zu, lieber Arvid, wie in meiner romantischen Vorstellung, die ich noch vor ein paar Stunden hegte, als die Zukunft mit dir noch existent erschien. Nein, ich laufe in die Dunkelheit.

Sie droht mich zu verschlingen, sie nimmt mich in ihren Arm, und zum ersten Mal in meinem Leben fühlt sie sich so verführerisch einladend an. Nach einigen Minuten falle ich zu Boden. Mein helles Kleid fällt in die weiche Erde und hinterlässt eine dunkle Spur auf dem hellen Stoff, beinahe wie die auf meiner Seele. Ich schreie, ich schreie so laut, wie ich nur kann. Ich kreische den Schmerz gen Himmel. Die Dämmerung wurde von der Dunkelheit abgelöst, und diese erscheint mir sternenklar. Ich atme hektisch und flach. Das Korsett droht mir nun auch den restlichen Sauerstoff aus dem Leib zu pressen. Ich muss mich daraus befreien, ich muss es mir vom Körper reißen. Ich brauche Platz, ich brauche Freiheit, ich brauche Hilfe …

Arvid, ich habe Angst. Angst davor, was der Verlust mit mir macht. Ich erwache mit einem hektischen und starren Blick, geprägt durch Erschöpfung und Müdigkeit. Meine Augen bekomme ich kaum auf, so verquollen fühlen sie sich an. Meine Sicht ist unklar, denn all die vergossenen Tränen sorgen für ein dumpfes Gefühl. Ich kann nicht mehr einschätzen, wie lange ich bereits auf diesem kalten Boden sitze.

Lediglich die hektischen Rufe meines Vaters treten immer näher.

„Leandra? Leandra, mein Kind, wo bist du?"

Ich kann sie ausmachen, die Sorge in seiner Stimme, das aufgebrachte Zittern in jeder Silbe. Plötzlich zuckt mein Körper unkontrolliert auf. Meine Hände haben sich in die dunkle Erde gegraben, mein Kopf erhebt sich langsam, als sich aus den knackenden Geräuschen vor mir eine düstere Gestalt formt. Die Äste unter den schweren, schwarzen Stiefeln geben nach. Obwohl ich direkt auf die Silhouette schaue, kann ich sie lediglich in ihren Konturen ausmachen. Der Größe nach zu urteilen muss es ein Herr sein, sicherlich um die 1,80m. Sein Gesicht scheint verschleiert unter einer weiten, schwarzen Kapuze, und sein langer Mantel lässt ihn noch mysteriöser erscheinen. Mit einem Mal reicht er mir seine behandschuhte Hand. Er drängt mich nicht, zwängt sich nicht fordernd auf. Er hält sie mir einfach nur hin.

Seine ruhige Erscheinung strahlt eine mir wohlbesonnene Entspanntheit aus. Als ich soeben dabei bin, vertrauensvoll nach seiner Hand zu greifen, fängt der Fremde plötzlich an zu sprechen. Eine tiefe und herbe Stimme kommt zum Vorschein, und eine unberechenbare Gänsehaut breitet sich in mir aus. „Sind Sie Mrs. Fairy?", fragt er mich.

Hektisch mache ich einen großen Schritt zurück und packe mich an der Brust, nachdem ich mich auf wackeligen Beinen emporgezogen habe.

„Woher kennen Sie meinen Namen?", verlassen meine Worte nur stotternd und abgehackt meinen Mund.

„Du wartest auf deinen Freund, Arvid, habe ich recht?".

Arvid, bitte verrate mir, was hier vor sich geht … doch wie bereits vermutet, tritt Arvid auch dieses Mal nicht aus dem Schatten hervor. Stattdessen war es die Dunkelheit höchstpersönlich, die mir einen Besuch abstattet. Aus meiner ehrfürchtigen Anwesenheit wurde Ungewissheit und Respekt, entstehend aus dem Willen der Selbsterhaltung. Ich sollte es mir zum Ziel machen, ungeschoren aus dieser Situation zu fliehen. Lieber sollte ich mich zurückhalten, mich ruhig bewegen und nach meinem Vater Ausschau halten. Er muss bereits ganz in der Nähe sein.

„J-Ja. Haben Sie ihn gesehen?", stottere ich erneut.

Plötzlich erhellt ein unsagbar stechendes Piepen mein Gehör. Panisch und überfordert presse ich meine Hände fest auf meine Ohren. Ich stöhne und winde mich. Noch nie habe ich solch ein grauenvolles Geräusch ertragen müssen. Das hohe Fiepen frisst sich durch mein Trommelfell, es sorgt für ein schrilles Ziehen bis hoch in meine Schläfen.

Ich kann nicht anders als laut zu schreien und meinen Schädel weiterhin unter enormen Druck zwischen meinen Händen zu halten. Ich drehe mich. Laufe umher in die Richtung, aus der ich gekommen bin. Ich muss hier weg und das so schnell, wie es mir nur möglich ist. Irgendetwas stimmt hier nicht. Doch der mysteriöse Fremde in seinem schwarzen Gewand wird mich, wie bereits erwartet, nicht einfach so davonkommen lassen. Seine Gestalt steht mit einem Mal überall. Unaufhaltsam drehe ich mich in jede Richtung. Doch es ist aussichtslos. Überall steht er und starrt mich aus der Dunkelheit seiner Kapuze heraus an. Als hätte er sich innerhalb weniger Sekunden verfünffacht. Seine Stimme drängt sich immer wieder in meinen Kopf. Sie wiederholen die Worte, die ich soeben gesprochen habe.

„Haben Sie ihn gesehen? Haben Sie ihn gesehen? HABEN SIE IHN GESEHEN?"

Alles schallt und entwickelt sich zu einer unerträglichen Tortur. Seine Sätze verformen sich zu einem Gemisch aus übereinander laufenden Echos. Ich höre nur noch Wirrwarr und kann nicht mehr klar denken. Ich drehe mich immer wieder im Kreis. Weiter und weiter, bis meine körperliche Verfassung mir damit droht, vor Schwindel zusammenzubrechen.

Mein helles Kleid schwingt bei jeder Bewegung mit und sorgt für einen hoffnungsvollen Kontrast inmitten all des Verderbens. Die Gestalt kommt immer näher. Sie droht mich mit ihrer Präsenz zu ersticken und kennt keine Gnade. War er ein Mensch? War er das leibhaftig Böse in der Gestalt eines Menschen?

„Ich will hier weg. Ich will zu Arvid!", schreie ich der Person oder dem Etwas entgegen.

Kräftige Arme erstrecken sich plötzlich in meine Mitte. Ich bin mir sicher, dass dies nun mein Untergang ist. Ich bin allein in die Finsternis gelaufen als junge Frau, ganz ohne männlichen Schutz. Genau dies waren die Geschichten, vor denen Vater mich immer gewarnt hatte. War ich nicht selbst Schuld? Mein Puls beschleunigt sich ins Unermessliche. Die große Hand kommt immer näher. Jedoch packt sie besinnlicher nach mir als gedacht. Sein wulstiger Zeigefinger legt sich vorsichtig unter mein Kinn. Er hebt meinen Kopf ganz langsam und scheint mir dabei tief in die Augen zu starren, ohne dass ich seine dabei ausmachen kann. Für einen Moment kehrt die Stille zurück. Die rotierenden Sätze haben aufgehört, die Ruhe zu durchbrechen, und das nervtötende Piepen ebbt im Einklang mit der Berührung des Fremden ab.

„Wer sind Sie?", frage ich jetzt ein wenig gefasster, jedoch stets ängstlich.

Ein Brummen, das sich bis in meine Körpermitte ausbreitet, entsteht, als die Dunkelheit zu mir spricht.

„Ich bin der, der mit dem Tod tanzt."

Mit diesen Worten verpufft die große Gestalt vor mir, und ich schreie ein letztes Mal kurz auf. Wo ist er hin? Ich habe eindeutig den Verstand verloren. Wo zum Teufel ist er hin? Meinem Nervengerüst fällt es erneut schwer, mich auf den Beinen zu halten. Erneut überkommt mich das Verlangen, mich auf den kalten Boden zu setzen. Ich zittere, bin völlig unterkühlt und kann meinem eigenen Verstand nicht mehr trauen. War ich reif für die Nervenheilanstalt? Zu einem Sonderfall binnen weniger Stunden? War das tatsächlich möglich? Dieses Mal lege ich mich komplett auf die harte Erde. Ich kann das Drehen um mich herum nicht mehr ertragen. Ich brauche warme Kleidung, etwas zu trinken und jemanden, der meinen Geist zurücksetzen würde. Gerade als ich kurz davor war, meine Augen zu schließen und unter dem offenen Himmel einzuschlafen, höre ich die dumpfe Stimme meines Vaters. Mit den letzten mir bleibenden Kräften erreichen seine Worte mich noch.

„Leandra, um Gottes willen. Ich habe dich gefunden. Ich hatte solche Angst um dich …!"

Dann wird alles schwarz, und ich möchte nicht mehr festhalten. Möchte nicht mehr sein.

Ich werde wach und nehme das Blenden der Sonne zwischen den schmalen Schlitzen meiner Augenlider wahr. Was um alles in der Welt ist geschehen? Vorsichtig erhebe ich meinen Kopf. Als würde ich ein kiloschweres Gewicht auf meinen Schultern tragen, bekomme ich ihn nur schwer vom Kissen erhoben. Die unscharfen Konturen werden zu klaren Linien, und ich kann es ausmachen. Unser Schlafzimmer. Vater muss mich gestern Abend hierhergebracht haben. Wie um alles in der Welt konnte er mich soweit tragen? Vaters Rücken war nicht mehr der Jüngste, und generell frage ich mich, woher er all diese Kraft noch genommen hat. Immer weiter erhebe ich mich aus den weichen Federn des Bettes und halte mir schmerzerfüllt den Kopf. Grauenvolle Kopfschmerzen suchen mich heim. Doch alles scheint mir in diesem Moment egal zu sein.

Kein Schmerz auf dieser Welt, auch kein körperlicher, ist größer als der Verlust meiner großen Liebe. Alles, was gestern Nacht geschah, war es Einbildung? Eine Halluzination? Hat die Trauer mir vollends die Möglichkeit des klaren Denkens geraubt? Oder warst du es, Arvid? Wolltest du mir eine Nachricht hinterlassen? Doch würdest du mir jemals solch einen Schrecken einjagen wollen? Ich weiß es nicht. Ich kann keinen klaren Gedanken mehr fassen. Ich will hier raus. Raus aus diesem Zimmer, diesem Haus. Ich will bei dir sein, mich in der Wärme deiner Arme geborgen und geliebt fühlen.

Werde ich dieses Gefühl jemals wieder spüren dürfen? Mein Blick wandert hinüber in Richtung des kleinen Spiegels über unserer hölzernen Kommode. Mit Erschrecken muss ich feststellen, wie erschöpft ich aussehe, als hätte mir die Tatsache der letzten Nacht bereits all meine Lebensenergie geraubt. Trostlos nähere ich mich diesem ovalen Ebenbild meiner selbst und streiche mir mit den Fingern durch das braune Haar. Sofort durchzuckt ein Gedankenblitz meinen schmerzerfüllten Kopf. Ein helles Licht lässt mich zurück in das von Liebe erfüllte Leben mit dir versinken. Deine großen Hände massieren meinen Kopf sinnlich und langsam. Ich sitze auf dem kleinen Stuhl vor der Garderobe.

Das morgendliche Sonnenlicht küsst meine rechte Körperhälfte. Unter dem weißen Nachthemd mit Rüschen schimmert meine Schulter hervor – eine Verlockung deinerseits. Denn nur wenige Sekunden später beginnst du damit, meine Schulter sanft mit deinen weichen Lippen zu liebkosen. Ich liebe es, wenn dein Atem meine Haut streift und eine leichte Gänsehaut hinterlässt. Ich lege meinen Kopf ein wenig zur Seite und schließe meine Augen. Mir wird ganz warm und wohlig. Immer weiter küsst du dich an meinem Körper empor, von meiner Schulter über meinen Hals bis hin zu meiner Wange. Langsam drängt sich deine Zungenspitze zwischen deine Lippen, um meine salzige Haut zu streifen. Ich stöhne leicht auf, und es überkommt mich mittlerweile immer intensiver, diese gnadenlose Lust, die du in mir auslöst. Ich umklammere deinen linken Arm fest. Du hast ihn von hinten um meine andere Schulter gelegt, um mich noch fester an deinen Körper zu pressen. Ich verliere mich in dir, mit jeder Sekunde etwas mehr.

Doch statt des erhofften Prickelns auf mehr, holt ein lautes Knallen mich zurück in die Realität. Ruckartig schaue ich auf. Im Spiegel sehe ich, dass das Fenster weit geöffnet ist. Eine grausige

Kälte flutet den kleinen Raum, und plötzlich ist es unsagbar dunkel geworden.

Wolken legen sich wie ein Watte-Teppich über den Himmel und sorgen erneut für Unruhe in meinem Inneren. Hastig schließe ich das Fenster und lasse mich erneut auf das Bett nieder. Diese Erinnerung hat mich gepackt und in einen Strudel aus unkontrollierbaren Emotionen geworfen. Ich kann spüren, wie die heißen Tränen sich ihren Weg zur Freiheit bahnen. Ich kann sie nicht unterdrücken. Ich kann nicht die starke Frau spielen. Ich bin eine Witwe. Du bist nicht wiedergekommen. Ich bin allein. Du wirst nie wieder an meiner Seite sein. Bald schon werden sie eintreffen. Die Frauen des Dorfes werden bemerken, dass du nicht mehr da bist.

Sie werden an diese Türen klopfen, an die Türen, die einst unser Heim ausmachten. Sie werden mit Tränen in den Augen, Blumen und Körben voller netter Gesten im Türrahmen stehen und mir ihr Beileid aussprechen. Sie werden meine geballten Hände, verkrampft vor Schmerz und Trauer, festhalten und mir versichern, dass sie Tag und Nacht für mich da sind, falls ich mit jemandem sprechen möchte. Ein Meer aus Tränen flutet mittlerweile mein Gesicht. Meine Wangen brennen und beginnen zu kleben. Dass mich einmal solch ein Schicksal ereilen würde, damit hätte ich niemals gerechnet. War ich denn wirklich so paranoid gewesen?

Aus meinen Gedanken gerissen, klopft es plötzlich an der Tür des Zimmers. Es ist Vater. Er schaut vorsichtig durch den kleinen Schlitz der Tür herein und starrt in mein trauriges Gesicht. Ich kann das Mitleid in seinen Augen sehen, wie es sich wie ein Schleier aus Falten und tiefen Furchen auf sein Gesicht legt. Vorsichtig bittet er um Einlass und schließt die Tür hinter sich. Und mit einem Mal verliere ich vollends die Kontrolle.

„Ich bin Witwe!", schreie ich, springe auf und falle meinem Vater in die Arme.

Der Schmerz in meinem Herzen zerstört das Gefühl der Hoffnung, es zerstört die Kraft meiner eigenen Existenz. Ich sinke hinab und kann mich nicht mehr halten, ziehe meinen Vater mit mir hinunter auf den kalten Holzboden und versinke in meiner ganz persönlichen Hölle. Genannt: Herzschmerz. Am späten Nachmittag hat Vater mich beinahe dazu zwingen müssen, ein paar freie Gedanken zu schöpfen und ihn auf den örtlichen Wochenmarkt zu begleiten. Er ist stark. So viel stärker als ich. Als Mutter damals starb, musste er sich weiterhin um alles kümmern: um das Haus, das Land und um ein kleines Kind. Nebenbei ertrug er den Schmerz des Verlustes und der Einsamkeit. Ich frage mich bis heute, wie er das alles geschafft hat, ganz besonders in diesem Moment.

Ich habe mich aufgerafft, mir die Haare gekämmt, ein dunkelgrünes Kleid mit Blumenstickerei übergezogen und mir meinen kleinen Holzkorb geschnappt. Am frühen Abend kehren wir dann zurück, und jetzt stehe ich hier vor dem frisch gekochten Essen. Beinahe wäre es mir angebrannt, denn immer wieder muss ich an das denken, was gestern geschehen ist: dieser Mann, diese Worte, mein plötzlicher Zusammenbruch und die Tatsache, dass bis heute niemand hier war, um mich über dein Ableben zu informieren. Der Geruch des Essens holt mich zurück in die Realität. Dein Lieblingsessen: Schweinshaxe mit Sauerkraut und Kartoffeln. Obwohl es mir ein tröstliches Gefühl vermittelt, dir durch dein Lieblingsessen ein wenig näherzustehen, bekomme ich gleichzeitig ein unglaublich schlechtes Gewissen. Ich sitze hier im Warmen, in Sicherheit, mit einem Festmahl von Essen vor meiner Nase, als würde ich die Einsamkeit zelebrieren. Als hätte ich vergessen, wie du in den Krieg ziehen musstest: in der Kälte, voller Angst und ganz allein. Mein Magen krampft sich zusammen, und das bisschen Hunger, das ich in meinem Leib trage, ist verschwunden. Lediglich Vater isst einen großen Teller.

Alles andere wäre unsagbare Verschwendung gewesen. Ich werde den Rest kühl zur Seite legen.

Sicherlich wird es morgen immer noch genauso gut zu genießen sein. Erneut liege ich hier. In unserem Bett. Im Gegensatz zum heutigen Morgen genieße ich die Kälte in diesem Moment. Das kleine Fenster hinter mir habe ich weit geöffnet, und die Decke über das Gesicht gezogen. Die frische Luft zwängt sich durch die Enge meiner düsteren Gedanken und sorgt für ein wenig Freiheit in meinem eigenen kleinen Gefängnis der Negativität. Vor mir reflektiert sich das Mondlicht zwischen den Ästen der Bäume in unserem Garten. Ich starre sie an. Für eine lange Zeit. Meine Augen taxieren sie genau, und das muss auch der Grund gewesen sein, weshalb ich irgendwann eingeschlafen sein muss.

Bis zu diesem Moment, in dem ich schreckhaft aufspringe und meine Augen panisch aufreiße. Die Tür zu meinem Zimmer klappert immer wieder leicht gegen den Türrahmen im Wind. Hatte ich sie am Abend zuvor denn nicht geschlossen? Ich schaue mich in dem dunklen Raum um, doch meine noch verschlafenen Augen können kaum etwas ausmachen. Ich hätte schwören können, ich hätte ihn ausgemacht. Deinen Geruch. Mein Gehirn spielt mir gemeine Streiche und kennt keine Gnade.

Selbst im Schlaf, meiner einzigen Möglichkeit zur Flucht, verfolgt mich dein Verlust und die Trauer. Verunsichert ziehe ich mich zurück unter meine Decke und lasse lediglich meine Augen hinausspähen. Immer wieder blicke ich im Raum auf und ab. Untersuche jede noch so kleine Ecke. Bis ich mich erneut im Sog der Müdigkeit verliere und einschlafe. Am nächsten Morgen werde ich wach. Ich konnte einige Stunden durchschlafen und fühle mich nicht mehr so erschöpft wie am Tag zuvor. Ich strecke meine Arme empor und gähne ausgiebig, um meinen Körper erneut auf den Kampf eines neuen Tages vorzubereiten. Auf einen Tag ohne dich. Das Licht scheint hinein in das kleine Schlafzimmer, und als ich soeben dabei bin, das Bett zu verlassen, stockt mir der Atem. Da liegt sie. Eine Blume. Nicht irgendeine Blume.

Eine schwarze Tulpe. Meine Lieblingsblume. Niemand außer dir weiß davon. Daneben liegt ein kleines Kärtchen. Eine schwarze Tulpe.

Deine schwarze Tulpe.

Für dich, mein Herz.

Ich laufe im Raum umher und presse die Tulpe fest an meinen Körper, gegen meine Brust, als könnte sie ein Übermittler der Liebe sein und dies direkt an mein Herz weitergeben. In gewisser Art und Weise fühlt es sich auch so an. Ich kann dich nirgendwo ausmachen.

Deine schwarze
Tulpe.
Für dich,
mein Herz.

Wieso um alles in der Welt solltest du dich verstecken müssen?

„Arvid? Arvid, wo bist du?", rufe ich umher und verlasse das kleine Schlafzimmer.

Auch im kleinen Wohnbereich, angrenzend der Küche, kann ich dich nirgendwo finden. Ich reiße die Eingangstür auf, und das Tageslicht donnert mir ungefiltert in mein fahles Gesicht. Es braucht ein paar Sekunden, bis meine Augen sich an die Helligkeit gewöhnt haben. Ich renne auf die Wiese, vorbei an den frisch gepflanzten Beeten, die Vater angelegt hat.

„Arvid, bitte. Sag mir doch, wo du bist. Du hast genug gescherzt mit mir. Ich möchte dich in die Arme schließen, Liebster!"

Doch auch draußen, außerhalb des kleinen Hauses, kann ich dich nirgendwo finden. Was geschieht hier nur? Ich drehe mich herum, ein letztes Mal schaue ich umher. Mein Vater steht im Rahmen der Tür und blickt mich an.

„Ist er zurück?", fragt er hoffnungsvoll.

Wie soll ich auf diese Frage antworten? Ich entscheide mich dazu, es in gewisser Weise offenzuhalten.

„Irgendwie schon", antworte ich.

Fragend blickt er mich an. Seine weißen Augenbrauen ziehen sich zusammen.

Seine Augen werden schmal, und er starrt mittlerweile ebenfalls angespannt umher.

„Irgendwie?"

Die Betonung seiner Worte unterstreicht meine Vermutung, er würde es nicht verstehen. Wie auch? Ich halte es kurz und knapp und strecke ihm die schwarze Tulpe entgegen.

„Eine schwarze Tulpe? So etwas wächst in unserem Garten? Ich kann mich nicht daran erinnern, dass ...", seinen Satz kann er nicht mehr beenden. Ich komme ihm zuvor.

„Sie ist von Arvid", sage ich voller Freude.

„Von Arvid?", augenscheinlich kommt er aus der Verwirrung gar nicht mehr heraus.

„Er hat sie mir geschenkt", rufe ich. Mein Vater tritt heraus und legt seinen Handrücken vorsichtig auf meine Stirn.

„Mein Kind, was redest du denn da für einen Unsinn? Wieso um alles in der Welt schenkt er dir gerade eine schwarze Tulpe als Zeichen seiner Liebe, und weshalb sollte er wieder verschwinden, nachdem er doch hier war?"

Ich muss gestehen, dass diese Fragen meines Vaters mich ein wenig verunsichern. Welches Spiel du mit mir treibst, habe ich selbst noch nicht ganz durchschaut.

„Es ist meine Lieblingsblume", sage ich leise und zurückhaltend.

Mein Vater drückt mich fest an seine Brust.

„Man könnte meinen, du hast Fieber", spricht er zu mir und schaut mich besorgt an.

„Was auch immer hier passiert, ich gehe mittlerweile davon aus, Arvid ist verstorben, mein Herz. Er ist im Krieg gefallen, und er wird nicht wiederkommen. Ich weiß, es ist das Schlimmste, was …"

Kapitel 3

DU BIST DA

Ich springe auf.

Hastig befreie ich mich aus seinem Griff. Die einst positiven und hoffnungsvollen Gefühle in meinem Herzen drohen zu verbrennen. Vater erstickt sie im Keim seiner hasserfüllten Worte.

Ich packe den Saum meines Kleides, halte deine Blume fest in meiner linken Hand und entferne mich aus der Reichweite des Hauses und meines Vaters. „Ich brauche Zeit für mich!", rufe ich ihm noch entgegen und verschwinde dann zwischen den kleinen Holzhäusern des Dorfes. Wahrscheinlich sitze ich mittlerweile eine halbe Ewigkeit auf diesem kleinen Felsvorsprung. Unser komplettes Dorf wird von ihnen umsiedelt. Wie eine kleine, gemütliche Festung trennt sie uns von dem Rest der Welt.

Die Dunkelheit bricht bereits an, und immer wieder streicht mein Daumen über deine geschriebenen Worte auf diesem kleinen Kärtchen. Ich behandle es wie eine heilige Schrift auf gesegnetem Papier. Seit dem Vorfall am Morgen hast du nichts mehr von dir hören lassen. Existieren diese Gegenstände überhaupt? Diese Tulpe, dieser Zettel ... Vater konnte sie jedoch auch sehen.

„Leandra?".

Ruckartig drehe ich mich herum und starre in das Gesicht einer jungen Frau. Mein Puls normalisiert sich ein wenig, und irgendwie gelingt es mir, ein kurzes Lächeln über mein Gesicht huschen zu lassen.

„Marleen.", antworte ich und gebe ihr mit meiner rechten Hand zu verstehen, dass sie sich neben mich auf den Boden setzen darf.

Sofort kommt sie der Einladung entgegen und lässt sich ebenfalls auf dem steinigen Untergrund nieder.

„Wie geht es dir?", fragt sie.

An ihrem bemitleidenswerten Blick kann ich erkennen, dass die Neuigkeit bereits die Runde macht. Ihr dünnes blondes Haar weht ihr vor das puppenhafte Gesicht. Sie hat unfassbar große, dunkle Augen. Ein beneidenswerter Kontrast zu ihrem hellen Haar.

Ihre Lippen sind schmal, jedoch sinnlich geschwungen, und ein paar Sommersprossen zieren ihre Wangen.

„Ich kann es nicht in Worte fassen", antworte ich ehrlich und zurückhaltend.

Marleen wohnt nur einige Häuser weiter unten in Richtung Wochenmarkt. Gemeinsam mit ihrem Mann bewohnt sie dort eine ebenfalls kleine Scheune. Marleen versucht bereits seit einigen Jahren schwanger zu werden – bisher ohne Erfolg. Eine andere Form von Trauer, die sie durchlebt.

„Ich hatte Angst", erwidert sie.

Verwirrt schaue ich auf, und meine Iriden funkeln ihr gespannt in der Dunkelheit entgegen.

„Angst? Wovor?", frage ich neugierig.

Ihre Antwort kommt prompt.

„Wie geht man auf eine gute Bekannte zu, im Wissen, dass ihr Partner im Krieg gefallen ist und meiner zeitgleich voller Freude zu Hause eintrifft?".

Ihre Antwort ergibt Sinn. Ich wüsste ebenfalls nicht, wie ich reagieren würde. Ich lege meine kalte Hand auf ihre und presse sie leicht.

„Ist schon in Ordnung. Ich danke dir für deine Ehrlichkeit", versuche ich die trübe Stimmung ein wenig zu heben. „Weißt du, ich glaube Arvid ist gar nicht tot."

Meine Worte sorgen offensichtlich für Verwirrung, denn plötzlich hängt Marleens Gesicht nur noch wenige Millimeter von meinem entfernt.

„Wie kommst du darauf?", flüstert sie mir neugierig zu.

Vorsichtig schiebe ich ihr die Tulpe und den kleinen Zettel entgegen.

„Das lag heute Morgen auf meinem Bett", kläre ich sie auf.

Es raubt mir das bisschen Lebensenergie, das mir noch bleibt. Oder bist du es, der mir die letzten Reserven meiner Kräfte raubt? Ich atme tief ein und aus und lasse mich von dem letzten Rest deiner Gerüche paralysieren. Sie holen mich ab in eine andere alternative Realität und verursachen zeitgleich so etwas wie Heimweh in mir. Ich will mich zurückwiegen in den tiefen Schlaf, aus dem ich gekommen war. Ich verstehe das alles nicht mehr. Ich möchte es auch gar nicht mehr verstehen. Alles, was ich weiß, ist, dass nach deinem Tod auch mein Leben sich verändert hat.

Nicht nur emotional und mental, sondern auch all diese unerklärlichen Situationen und Momente. Du stellst mein Leben auf den Kopf. Du bist da und irgendwie auch nicht. Ich verliere mich in meinen Gedanken. Erzähle mir selbst all die Geschichten aus vergangenen Tagen, und meine Augenlider werden immer schwerer. Als würde eine erbarmungslose Kraft mich zwingen, in die Welt der Träume zu flüchten. Für meinen eigenen Seelenfrieden.

Ein unglaublich helles Licht strahlt mir ins Gesicht. Wie ein wunderschöner Traum. Ich muss im Himmel sein. Ich liege im Bett und schaue dich an. Ich lächle und kann gar nicht genug davon bekommen, dir in deine strahlenden Augen zu sehen. Doch irgendetwas stimmt nicht mit dir. Du siehst nicht aus wie du selbst, liebster Arvid. Ich reibe mir die Augen und erhebe meinen Kopf von meinem Kissen, um dich besser ausmachen zu können. Du bist nicht du. Wie eine schwarze Gestalt gehüllt in einem nebeligen Schleier. Lange, für mich nicht erkennbare Strukturen umgarnen deinen Körper, und mein Unbehagen scheint dich kein bisschen zu stören.

Ich will schreien und gleichzeitig möchte ich meine Hand über deine Wange streichen lassen, um dir einmal endlich wieder nah zu sein. Du siehst nicht aus wie du, aber du riechst danach.

Mit einem Mal wird mir die grausame Tatsache bewusst. Ich habe mich darüber gefreut, dich riechen zu können. Mich in deinem Kopfkissen zu vergraben. Doch wie um alles in der Welt kann es sein, dass deine Seite des Bettes nach über sieben Jahren immer noch nach dir riecht? Ich werde wach. Mein Herz schlägt bis zum Hals, und mein Puls droht, mich innerlich zu zerreißen. Mir ist kalt und heiß zugleich.

„Arvid, ich kann nicht mehr!", kreische ich förmlich heraus und beginne dabei zu weinen. Mir fehlt die Kraft, und meinem schwachen Herzen steht höchstwahrscheinlich ein Herzinfarkt bevor, wenn all dies noch einige Tage so weitergehen sollte.

„Ich weiß, mein Herz."

Prompt halte ich den Atem an. Ich reiße meine Augen auf und starre panisch im Raum umher. Hatte mir gerade jemand geantwortet? Ich presse mich an die kalte Wand hinter meinem Bett und winkele die Beine an. Ich versuche, mich so klein wie möglich zu machen, in der Hoffnung, man könnte mich schwerer ausmachen. Dabei sitze ich inmitten des Raumes auf dem Präsentierteller.

„Du bist bereits so lange stark", spricht die Stimme weiter.

Zu meinem Entsetzen muss ich feststellen: Es ist deine Stimme.

Es sind deine Worte, die sich in meinen Gehörgang graben und mich nicht mehr loslassen. Das kann unmöglich sein. Du bist tot. Und irgendwie scheint es doch im Rahmen des Möglichen zu sein, denn immer wieder hast du auf dich aufmerksam gemacht. Ich wusste es … Vorsichtig versuche ich, all das, was soeben geschieht, zu sortieren. Danach zu greifen und es als Option in meinem Herzen warmzuhalten. Eine prickelnde Gänsehaut zieht sich über meine helle Haut. Mein Herz schlägt von Minute zu Minute immer schneller, beinahe so schnell, dass eine rasante Übelkeit sich in mir ausbreitet. Vor Aufregung, Freude und Enttäuschung darüber, dass du mich so lange auf diesen Moment hast warten lassen. Aus der eben noch vorhandenen Angst wird ein Gefühl von Nähe und Zuversicht. Einst verlor ich mich in der Wärme deiner Arme, und ich war der festen Überzeugung, ich dürfte mich nie wieder in ihnen verlieren. Doch nun keimt neue Hoffnung auf. Die Vorfreude auf eine Zukunft mit dir, wie ich sie mir all die Jahre pausenlos gewünscht habe. Ich stehe auf, lasse das weiche Bett hinter mir und stehe jetzt inmitten des dunklen Raums. Ich kann dich hören, ich kann dich riechen, aber ich kann dich nicht sehen. Würdest du mir jemals etwas antun?

„Wo bist du, Arvid? Ich kann dich nicht sehen", flüstere ich in die Dunkelheit hinein.

„Komm zu mir. Ich habe dich so vermisst", versuche ich ihm zu verdeutlichen.

Immer wieder schaue ich in dem winzigen Raum umher. Meine Finger pressen sich aufgeregt aneinander, und ich beiße mir unkontrolliert auf die Lippe. Die Aufregung meines Körpers könnte wohl ein Laie ohne Probleme ausmachen und bestätigen.

Plötzlich erhascht ein warmer Atem mein Genick. Ich möchte mich herumdrehen und dir in deine wunderschönen Augen sehen, doch du hältst mich davon ab. Du packst meinen Nacken sanft, damit ich meinen Kopf nicht umdrehen kann.

„Arvid, was ist los?", frage ich verunsichert, und der Tonfall meiner Stimme wird brüchig.

„Es ist … es ist eine Menge geschehen, Leandra", antwortest du mir, und mein Herz macht einen Sprung, als ich meinen Namen aus deinem Mund höre.

Du sprichst ihn so anders aus, so bedeutsam und elegant. Das hast du bereits vom ersten Tag an gemacht.

„Das weiß ich. Das weiß ich doch, mein Herz. Aber wir haben es geschafft. Du bist wieder hier. Wir können endlich wieder zusammen sein", spreche ich aufgeregt weiter und bemerke dabei kaum die Stille, die sich hinter mir immer weiter ausbreitet.

Wie kann es sein, dass die ganze Freude beinahe nur von meiner Seite aus kommt? Liebt er mich nicht mehr? Hat er auf dem Weg zurück eine andere Frau kennengelernt und ist nur gekommen, um es mir persönlich zu beichten?

„Arvid, sprich zu mir", fordere ich ihn mittlerweile in einem groberen Ton auf.

Aus dem Flüstern meiner Stimme ist eine resolute Konstanze geworden. Vergebens warte ich auf seine Worte. Stattdessen greift seine Hand immer wieder und ein wenig fester um meinen Nacken. Ich fühle mich von Sekunde zu Sekunde unbehaglicher. So hatte ich mir unser Wiedersehen nicht vorgestellt. Alles, was in den Tagen zuvor geschehen ist, hatte ich mir nicht erträumen lassen. Ein skurriler Vorfall jagt den nächsten, und jetzt stehe ich hier und habe keine Ahnung, was als Nächstes passieren wird.

„Arvid, lass mich dich ansehen. Ich habe dein Gesicht vermisst. Was ist denn nur los?"

Ich bleibe stur und hinterfrage es erneut. Irgendwann wird er mir eine Antwort geben müssen, jetzt, wo er sich dazu entschieden hat, bei mir zu sein. Ich spüre sein schweres Atmen hinter mir.

Es wirkt tiefer, mächtiger und ein wenig lauter, als ich es von ihm gewohnt bin. Seine Hand hinterlässt mittlerweile ein penetrantes Kratzen auf meiner Haut. Nach all der Zeit, die er in diesem ganz persönlichen Alptraum verbracht hat, hat sich wahrlich niemand um die kleinen Wehwehchen der Männer gekümmert, dessen bin ich mir sicher. Ganz bestimmt nicht um trockene oder spröde Haut. Doch ich werde mich um dich kümmern. Gemeinsam bekommen wir alles hin. Wir hören uns zu, wir bauen uns auf und werden eine Einheit sein.

So wie damals.

„Liebst du mich?", fragt er mich plötzlich.

In seiner Stimme herrscht Verunsicherung und Zweifel, und ich bekomme das Gefühl, ich könnte so etwas wie Angst heraushören.

„Um Gottes willen, Arvid. Natürlich liebe ich dich. Ich habe mich um dich gesorgt, dich vermisst, mich nach dir gesehnt. Nachdem du nicht aufgetaucht bist, haben unglaubliche Illusionen und Halluzinationen mir einen Streich gespielt. Dinge, die ich mir bis zum heutigen Tag nicht erklären kann. Ich...".

Deine tiefe Stimme unterbricht mich.

„Ich meine, liebst du mich wirklich, Leandra? Aus tiefstem, reinen Herzen?"

Der Nachdruck deines Anliegens verunsichert mich zunehmend mehr. Ich habe eine böse Ahnung, worauf du mich vorbereiten möchtest. Während des Krieges ist etwas mit dir geschehen. Es hat dich verändert, und das nicht nur innerlich. Etwas Grauenvolles musstest du durchleben, und nun hast du Angst, dich deiner Geliebten gegenüber zu zeigen. Ich atme schwer ein und zittere am ganzen Leib. Es macht mich zeitgleich wütend, du könntest denken, ich würde dich durch äußere Einflüsse weniger lieben können. Du hast meine Liebe all die Jahre zuvor anscheinend unterschätzt. Doch ich stelle meine Traurigkeit gegenüber dieser Tatsache hinten an.

Denn heute Abend geht es nur um dich.

„Der Tod hat nach mir gerufen. Er hatte mich bereits fest in seinem Griff", spricht Arvid zu mir.

„Was ist dir zugestoßen?". In mir bäumt sich eine Emotion auf, die ich in diesem Ausmaß bisher noch nie in meinem Leben erlebt habe. Beinahe noch unbarmherziger als das Gefühl vor unserem Heim, gegenüber meines Vaters, als du nicht zurückgekehrt bist.

„Man hat mich zurückgelassen. Zum Sterben zurückgelassen. So wie es alle Männer dort draußen im Krieg durchleben. Ich versteckte mich in einer Kuhle aus Matsch und Wasser, um nicht gesehen zu werden. Die Plörre stand mir beinahe bis zum Hals. Plötzlich ertönte ein unsagbarer Knall. In unmittelbarer Nähe musste eine Granate in die Luft gegangen sein. Die Vibration sorgte dafür, dass die Kuhle in sich hineinsackte. Ich konnte mich nicht mehr rechtzeitig halten und fand keinen Widerstand, um mich mit meinen Füßen abzuheben. Demnach war ich meinem Schicksal ausgeliefert. Ich steckte fest, und das gräuliche, schmutzige Wasser stand mir bis zu den Augen.

Ich bekam keine Luft mehr, und ich bemerkte, wie mir der Sauerstoff ausblieb."

Seine kurze Zusammenfassung dessen, was er durchlebt hatte, ergreift mich zutiefst. Während ich zu Hause auf ihn wartete und das Leben an mir vorbeiziehen ließ, kämpfte er um seins. Während ich in unserem warmen Bett lag, steckte er in einer Todeskuhle aus Wasser und Sand fest.

„Arvid, ich ...", versuche ich zu erläutern, doch du forderst mich durch einen sanften Druck auf meinen Schultern dazu auf zu schweigen.

„Kurz bevor es mir drohte, jeden Moment das Bewusstsein zu verlieren, tauchte plötzlich eine unsagbar tiefe und dominante Stimme auf. Sie manifestierte sich in meinen Kopf. Ich befand mich auf der Schwelle zwischen Leben und Tod. Ich war der festen Überzeugung, meine letzten

Sinne würden mir einen Streich spielen. Ich versuchte, die Stimme zu ignorieren.

Doch sie forderte mich immer wieder auf, ihr zuzuhören. Sie gab erst nach, als ich mich beruhigte und die letzten Kräfte dafür aufopferte, um ihr zu lauschen.

„Ich kann die Anspannung in deinen Worten ausmachen, Arvid. Aber ich möchte, dass du mir deine Geschichte erzählst, bis ins kleinste Detail. Ich werde dich für nichts verurteilen. Ich hoffe, das ist dir bewusst."

„Was hat die Stimme dir erzählt?", frage ich gespannt.

„Sie forderte mich auf, mich für das Leben oder für den Tod zu entscheiden. Der erste Gedanke, der mir bei dieser Frage kam, warst du. Noch vor meiner Familie, vor meinen Freunden und gar vor mir selbst. Ich dachte an all die Zeit, die wir noch miteinander verbringen wollten. Die Zukunft in unserem Heim, dich eines Tages heiraten zu dürfen und eine Familie mit dir zu gründen. Das alles gab mir die Motivation dazu, dieser Stimme eine Chance zu geben."

Ich spüre, wie du mir von hinten immer näherkommst. Mittlerweile vernehme ich deinen Oberkörper, der sich leicht gegen meinen Rücken presst. Ich fühle deine Stirn, die sich sanft gegen meinen Hinterkopf lehnt, und ich genieße jede Sekunde.

Auch wenn mir eine Form von Ungewissheit noch bevorsteht, so weiß ich, dass du es bist, mein Arvid.

„Sprich weiter", wispere ich ihm wohlig entgegen. „Du kannst mir alles erzählen."

Er muss wissen, dass meine Liebe ihm gewiss ist.

„Er machte mir ein skurriles Angebot. Die männliche Stimme würde es mir ermöglichen, weiterzuleben. Dich wiedersehen zu dürfen. Nur ... ich müsse ein Teil meiner Selbst dafür opfern. An ihn ..."

Verunsichert schaue ich auf und starre auf die leere Wand mir gegenüber. Hatte die lange Reise hierher ihn dehydriert? Oder erzählt er mir tatsächlich die Wahrheit? Ich muss jetzt endlich wissen, was hier vor sich geht.

„Was für einen Teil?", frage ich neugierig.

Plötzlich fällt es mir wie Schuppen von den Augen. Du möchtest nicht, dass ich dich ansehe.

„Dein Aussehen ...", flüstere ich in die Dunkelheit und verstumme dann vollends.

„Mein Aussehen", bestätigst du meine Gedankenwelt.

„Aber wieso ...?". Ich kann nicht ganz verstehen, weshalb dieses Etwas dein Leben gegen dein

Aussehen eintauscht. Welcher Sinn steckt dahinter?

„Das Ganze ist komplex, Leandra. Es lässt sich nicht in einer Nacht erklären. Ich habe Monate gebraucht, um es zu begreifen, um damit überhaupt weiterhin leben zu können. Ich bin ein Monster.“

Deine Aussage trifft mich unvorbereitet und hart. Du könntest niemals aussehen wie ein Monster. Dafür ist deine Seele bereits viel zu schön.

„Wirst du es mir erklären... eines Tages? Ich muss es einfach wissen.“

„Das werde ich. Jedoch haben wir in diesem Moment nicht ewig Zeit. Wir befinden uns auf der anderen Seite.“

Erneut sprichst du in Hieroglyphen und lässt mich mit dem Unwissen zurück.

„Die andere Seite?“

Doch bereits als ich die Frage stelle, ergibt sich auch hier schnell eine Antwort. Dieses helle Portal, welches sich wie aus dem Nichts hinter uns gebildet hatte und mich in seinen gierigen Schlund gezogen hatte – es muss mich auf diese andere Seite gezogen haben.

„Du hast mich hierhergeholt?“, frage ich ungläubig und sehe mich hastig um.

Ich muss jetzt einfach wissen, was hier vor sich geht. Ich starre in dein Gesicht. Oder besser gesagt, in ein Gesicht. In eine Formation, die einst dein mir bekanntes Gesicht war. Deine wunderschönen, dunklen Augen.

Deine vollen und zarten Lippen. Dein dunkles, leicht gelocktes Haar, welches dir immer wieder so charmant ins Gesicht fiel. Was sehe ich jetzt? Einen Schädel. Beinahe knochig ohne jegliche eigenständige Struktur. Deine Gesichtsfarbe wirkt kränklich gräulich und schimmert aus einer gewissen Perspektive fast blau. Deine Augen haben sich zu kleinen, rötlichen Iriden verformt. Lange, spitze Zähne formen deinen Kiefer und haben nichts mehr mit dem gleich, was einen Menschen ausmacht. Kurz bevor ich die Kontrolle verliere und schreiend aus dem Raum laufen möchte, packt mich der Ehrgeiz, mein Versprechen dir gegenüber einzuhalten.

Doch den hastigen Schritt zurück, geschehend aus Angst und Überforderung, kann ich nicht rückgängig machen. Zu ultimativ ist das, was da auf mich einprasselt in diesem Moment der nackten Wahrheit. Vorsichtig strecke ich meine Hand in deine Richtung aus. Sie zittert und verdeutlicht dir ganz gewiss, wie unwohl ich mich plötzlich fühle. Obwohl dein gesamtes Äußeres nicht mehr dir entspricht, versuche ich einen Ansatz zu finden. Mein Gehirn muss prozedieren, akzeptieren und sortieren. Kurz bevor mein Zeigefinger deine Haut berührt, beginne ich zu sprechen.

„D-Deine N-Nase, wo ist sie?", möchte ich wissen. Anstelle deiner Nase befinden sich nur noch zwei schwarze Löcher in deinem Gesicht. Jene wirken wie die eines kahlen Totenschädels auf mich. Doch auf meine Frage erhalte ich keine Antwort. Stattdessen verlässt das Rinnsal einer heißen Träne deine rotleuchtenden Augen und fließt entlang deiner markanten Wangenknochen.

Es bewegt mich. Es bewegt mich so sehr, dass auch ich anfange zu weinen. Anstatt nach deiner fehlenden Nase zu tasten, gleite ich nun vorsichtig entlang, bis hin zu der einzigen Träne, die deine roten Iriden verlässt, und wische sie dir behutsam aus dem Gesicht. Die Sicht verschwimmt unter meinem entstehenden Tränenfilm. Ich fange kläglich an zu schluchzen. Mein Brustkorb hebt und senkt sich immer unkontrollierter und schneller. Ich bekomme keine Luft mehr.

Alles, was hier geschieht, überfordert mich so sehr. Das alles muss ein Traum sein. Ich muss aufwachen, unbedingt! Bevor mich diese düsteren Träume in ihren Fängen halten und mich nie wieder freigeben. Doch mein Körper bleibt genau dort stehen, wo er sich bereits die ganze Zeit befindet. Dir gegenüber. Dem gegenüber, was noch von dir übrig ist. Leandra, hör auf, so zu denken! Er ist dein Partner, dein Geliebter, und seine Seele ist stets so wunderschön wie zu Beginn.

Ich schreie, ich weine, und ich falle vor dir auf die Knie. Ich kann das Gleichgewicht nicht mehr halten. Die Tränen überziehen mein Gesicht gnadenlos heiß und hinterlassen eine salzige und klebrige Bahn auf meinen Wangen.

„Ich liebe dich, Arvid!", schreie ich dir unter Tränen und völlig aufgelöst entgegen.

Ich verliere die Kontrolle. Du gehst in die Knie und gesellst dich zu mir auf den harten Boden. Deine Berührungen sind so liebevoll und zärtlich. Meine Überforderung und Reaktion auf das, was plötzlich zwischen uns steht, scheinst du mir kein bisschen übelzunehmen. Stattdessen nimmst du meinen Kopf in deinen Schoß und streichst mir durch mein zerzaustes, braunes Haar, so wie du es damals schon immer getan hast.

KAPITEL 4

Ich sitze am Frühstückstisch und kann nach all der Zeit keinen klaren Gedanken mehr fassen. Das Brot, welches vor mir liegt, zupfe ich lediglich klein, doch essen kann ich davon nichts. Es wird trocken und bröselig auf meinem Teller, und Vater schaut mich bemitleidenswert an. Die letzten Tage waren eine Lektion für mich. Die größte Lektion, die mein spärliches Leben wohl jemals für mich bereithalten wird. Du befindest dich auf der anderen Seite, und der Aufenthalt bleibt mir immer wieder nur wenige Minuten gewährt. Ich gehöre nicht zu euch... ich gehöre wohl nicht mehr zu dir. All das hast du auf dich genommen, um mich eine kurze Zeit am Tag sehen zu können. Deine Liebe ist so bedingungslos ... Ich möchte bei dir sein.

„Du musst etwas essen, mein Schatz", spricht mein Vater besorgt zu mir, wie er es seit den letzten Tagen immer tut.

„Ich habe keinen Hunger", antworte ich ihm.

Dass eine schlechte Nacht und meine gebrochene Seele der Grund dafür sind, dass ich seit Tagen kaum etwas essen kann. Doch den eigentlichen Grund dafür kennt er nicht. Er würde es mir nicht glauben. Ich kann mir selbst kaum glauben. Wenn er doch nur wüsste, mit welchem Gedanken ich spiele. Wenn du es doch nur wüsstest. Hier draußen funktionieren wir zwei nicht mehr, Arvid. Du kannst die Dunkelheit nicht verlassen. Würden die Dorfbewohner dich sehen, sie würden dich lynchen und mich gleich mit dazu. Sie wären der festen Überzeugung, ich würde eine Liebschaft mit dem Teufel führen, und in gewisser Weise tue ich das auch. Denn hast du dich nicht dem Teufel hingegeben, mein Teuerster?

Der Deal, von dem du mir den Abend zuvor erzählt hast, spricht für sich. Hastig stehe ich von meinem Stuhl auf und stelle den noch vollen Teller an die Spüle der Küche. Ich schaue dir tief in die Augen und kann die aufflammenden Tränen nur schwer unterdrücken.

„Ich hab dich sehr lieb, Vater", spreche ich und komme dir näher, um dich in den Arm zu nehmen.

Etwas, das ich in der letzten Zeit viel zu selten getan habe, obwohl du bedingungslos für mich da warst und es immer noch bist. Wenn ich darüber nachdenke, was ich tun muss, um endlich wieder Glück und Zufriedenheit empfinden zu können, dann hasse ich mich ein wenig mehr dafür. Denn es bedeutet zugleich, mich gegen dich zu entscheiden.

Kapitel 5

Ich bin auf dem Weg.

Aber ich habe keine Wahl, und ich hoffe, du wirst mich eines Tages verstehen können. Ich drücke dich fest, und ich spüre, wie du meine Berührung erwidertest. Du drückst dein Gesicht in die Beuge meines Halses, um meinen Geruch in dich aufzunehmen. Doch nur ich lebe mit dem Wissen, dass diese Umarmung auf ewig die Letzte sein wird. Ich lasse dich los und schaue dir noch einmal in die Augen. Du hast Mutter viel zu früh verloren, und jetzt tue ich dir das Gleiche an. Nur mit dem winzigen Unterschied, dass ich weiß, was ich hier tue. Ich hasse mich. Ich hasse mich so sehr dafür. Aber ich freue mich auch auf dich, Arvid.

Ich weiß, dass du all dies niemals von mir verlangen würdest. Ich küsse Vater ein letztes Mal auf die vor Sorge zusammengezogene Stirn, bevor ich die Küche verlasse. Ich begebe mich in unser gemeinsames Schlafzimmer und stelle mich an das kleine, offene Fenster. Mein braunes Haar stecke ich schnell zu einem unordentlichen Dutt zusammen, damit es mir nicht immer wieder ins Gesicht fällt. Ich lehne mich heraus und schließe die Augen. Ich genieße die warmen Sonnenstrahlen am Morgen und das Gefühl, welches es auf meiner Haut hinterlässt.

Ein sanftes Prickeln und ein wohliges Empfinden einer zärtlichen Umarmung der Sonne. Wie ein Kuss, den du auf meiner Stirn hinterlässt. Es würde das letzte Mal sein, dass ich die Sonne auf meiner Haut spüre. Ich gehe hinüber zu dem kleinen Nachtschränkchen neben dem hölzernen Doppelbett. Kleine blumenartige Ranken zieren die Schublade des Schränkchens, und ich ziehe an dem verchromten Henkel, um diese zu öffnen. Das kleine Kärtchen, welches du mir gemeinsam mit der schwarzen Tulpe geschenkt hast. Ich habe es aufbewahrt.

Der Abend mit Marleen hat mir so einiges bewusst gemacht. Ich hatte so viel Zeit, um darüber nachzudenken. Bis heute weiß ich noch nicht genau, was alles hinter dieser Geschichte steckt. Hinter dem Deal, den du mit dem Bösen eingegangen bist. Jedoch weiß ich: Du und der Teufel – ihr tanzt nun gemeinsam. Auch wenn es eine Tatsache ist, die du nicht wahrhaben möchtest, lieber Arvid, aber du hast meine Seele zeitgleich mit deiner verkauft. Einst las ich die liebevollen Zeilen auf dem kleinen Kärtchen neben der Tulpe. Doch Marleen konnte die wahrhaftigen Worte dahinter erkennen. Sie schien so erschrocken und schockiert. Ihr starrer und ängstlicher Blick sprach Bände zu mir. Und dann ging alles sehr schnell. Der Übergang auf die andere Seite. Ich hatte keine Wahl. Konnte mich nicht wehren. Denn bevor der Teufel nicht auch meine Seele mit sich trägt, wird er keine Ruhe geben. In jedem Zeichen, das du mir aus Liebe zukommen lässt, wird er einen Fluch legen und unsere Harmonie zerstören wollen. Ich werde herausfinden, was geschehen ist. Ich werde einen Weg finden. Oder bist du das wahrhaftige Böse? Nein – niemals! Doch zuerst werde ich bei dir sein. Egal, auf welcher Seite wir miteinander glücklich sein dürfen, wir werden es sein, und das ist alles, was zählt.

Ich nehme das Kärtchen heraus und drehe es immer wieder um. Ich halte es ein wenig ins helle Tageslicht. Jedoch kann ich keine bösartige Nachricht darauf erkennen. Nur deine liebevollen Worte auf Papier: Eine schwarze Tulpe. Deine schwarze Tulpe. Für dich, mein Herz. Ich lese sie leise vor mich hin. Immer wieder, bis ich mich förmlich in ihnen verliere – in deinen Worten. Ich habe Angst vor dem, was kommt.

Ich weiß, dass ich diese Welt nicht ohne Schmerz verlassen werde. Körperlich und seelisch. In meinen Überlegungen bevorzuge ich die Variante des Vergiftens. Lieber Arvid, siehst du diese wunderschönen blauen Blümchen dort draußen am Rande des Waldes? Sie werden mein Tor zu dir sein. Sie sehen so prachtvoll aus in ihrer intensiven Farbe. So einladend. Und doch bringen sie den gnadenlosen Tod in kürzester Zeit.

Ich werde sie als Tee zu mir nehmen, mich in unser gemeinsames Bett legen und darauf warten, deine Stimme zu hören. Der Teufel hat dich verraten. Er hat dir kein wirkliches zweites Leben geschenkt. Er hat dir höchstens die Möglichkeit, für einige Minuten Kontakt ermöglicht. So begrenzt, dass wir im Grunde nur über zwei völlig unterschiedliche Dimensionen miteinander kommunizieren können. Über den flüchtigen Schatten im Spiegel hinter mir, über deinen Duft auf deiner Seite des Bettes, über ein Blümchen auf meinem Bett. Doch trotz allem gehen wir nicht verloren. Man hat dich hintergangen und dabei so viel mehr genommen, als du zurückbekommen hast. Aber wie konntest du auch nur? Weiß denn nicht jedes kleine Kind, dass der Teufel nicht fair spielt? Ich halte das Kärtchen weiterhin fest in meiner Hand.

Ich nehme das kleine hölzerne Körbchen, das ich auch auf dem Markt verwendet habe, aus der hinteren Ecke des Flurs und laufe hinaus. Ich schließe die Tür leise und vorsichtig, damit Vater mich nicht hört. Er darf auf keinen Fall mitbekommen, was ich vorhabe. Er würde zweifelsohne versuchen, mich davon abzuhalten. Natürlich würde er das tun, schließlich ist es seine instinktive Aufgabe als Vater, seine Tochter zu beschützen. Nachdem ich die Tür geschlossen habe, laufe ich los. Ich laufe und bin kaum zu halten. Ich habe große Angst vor dem Übergang auf die andere Seite. Das habe ich wirklich, Arvid. Ich habe Angst davor, meinen Vater zurückzulassen. Er ist alleine. Er wird meinen Tod sicherlich nicht verkraften können. Unterzeichne ich damit auch sein Schicksal?

Ich komme den blauen Blümchen immer näher. Sie werden Eisenhut genannt. Meine Mutter hatte sie in einem ihrer Bücher aufgelistet. Grüne Magie. Prangte auf der Frontseite des Buches. Jetzt in diesem Moment scheine ich die Bedeutung dahinter zu verstehen. Der bloße Hautkontakt mit dem Eisenhut verursacht schwere allergische Reaktionen. Die orale Einnahme führt immer zum Tod. Ich brauche diese Gewissheit. Die Gewissheit eines schnellen und sicheren Todes. Deshalb wähle ich diesen Weg für mich – für uns.

Kurz bevor ich die blauen Verführungen errei-
che, zieht mich ein unsagbarer Sog zu Boden. Ich
schreie und stolpere. Dabei falle ich ohne Vor-
warnung auf mein linkes Knie, und es knackt
schrecklich.

„Au!", schreie ich vor Schmerz und halte mein
verletztes Knie.

Ein heftiger Wind zieht auf, und die eben noch
strahlende, warme Sonne verschwindet hinter einem Teppich aus düsteren, fast schwarzen Wolken. Wie das eine Mal zu Hause in meinem
Schlafzimmer. Mit der anderen Hand versuche
ich, meine Augen vor der massiven Stärke des
plötzlichen Sturms zu schützen. Über mir tau-
chen schimmernde und reflektierende Schlieren
auf, die sich vor mir sammeln und die Form eines
Quadrats ergeben.

„Arvid!", schreie ich dem Wind entgegen.

Ich kenne diese flimmernden Schlieren. Es ist
genau wie beim letzten Mal, als ich mit Marleen
auf den Felsvorsprüngen saß. Du willst mich sehen. Aber ich bin ohnehin auf dem Weg zu dir,
mein Liebster. Das Quadrat innerhalb der auf-
leuchtenden Schlieren verdunkelt sich drastisch.
Der Sog wird immer stärker. Er zieht mich zu sich
heran. Immer schwerer kann ich mich auf dem
weichen Boden halten.

Mein Widerstand ist geschwächt, denn mein verletztes Knie schmerzt höllisch. Aber warum sollte ich mich hier überhaupt festhalten? Dieses Mal weiß ich, was auf mich wartet. Nämlich du. Ich gebe nach, löse mich aus dem Widerstand und lasse mich fallen. Mit einem kräftigen Ruck und unkontrollierten Bewegungen zieht die Dunkelheit mich in ihren Bann. Ich schreie kurz auf, und dann verschwinde ich, gemeinsam mit der Tür aus flimmernden Schlieren, und die Sonne kehrt zurück.

Kapitel 6

Wie auf einer Rutsche aus dominanter Dunkelheit gleite ich auf die andere Seite hinüber. Dieses Mal fühlt es sich ganz anders an. Es ist, als wäre es eine niemals endende Erfahrung. Immer wieder gerate ich in emotionale Erinnerungen und Sehnsüchte. Ich gleite hindurch, durch ein Meer aus schwarzen Tulpen. Ich gerate in Gedankenströme aus sinnlichen Momenten mit dir. Ewige Küsse, deine zärtlichen Blicke am Morgen, während die Sonne deine haselnussbraunen Augen küsst. Deine Hand, die meinen Körper neugierig erkundet. Deine Worte, geschmückt mit bedingungsloser Liebe. Plötzlich verpufft alles mit einem lauten Knall und wirft mich zurück in meine jetzige Realität. Ich pralle auf meinen Hintern und ein brennender Schmerz durchfährt mein Steißbein. Langsam nehme ich meine Umgebung wahr. Sie ist mir nicht bekannt. Ich befinde mich in einem Wald. Aber nicht irgendeinem Wald.

Es ist stickig und dunkel. Ich habe das Gefühl, dass ich nur äußerst schwer atmen kann, als würde meine Lunge bei jedem Atemzug erdrückt werden. Ein bisschen mehr nachgebend, wie eine verschrumpelte Dattel, sinke ich in mich zusammen. Langsam erhebe ich mich und fasse mir an den Rücken.

„Gott, verdammt. Das hat wehgetan", schluchze ich und schaue mich weiter um.

Auch mein Knie sendet immer noch Schmerzsignale an mein Gehirn. Die Farbgebung des Waldes ist äußerst seltsam. Eine grünliche Färbung liegt in der Luft. Kleine weiße Punkte schweben umher und trüben die Sicht. Die Bäume erscheinen gigantisch und auf eine unheimliche Weise majestätisch. Ihre dicken Stämme erstrecken sich unter der Oberfläche in Form von massiven Wurzeln. Diese ragen immer wieder in kurzen Abschnitten an die Oberfläche. An ihren Ästen hängen lange, dicke Pflanzen, die beinahe fleischig und lebendig wirken. Die meisten haben ebenfalls einen grünlichen Farbton, aber einige wenige strahlen in grellem Rot. Panisch blicke ich mich um und drehe mich im Kreis. Du bist nicht hier. Du bist definitiv nicht hier, Arvid. Vorsichtig setze ich einen Fuß vor den anderen, doch bei jeder Bewegung scheint sich der unheimliche Wald mitzubewegen.

Mit jedem Schritt kommen die riesigen Bäume ein Stückchen näher. Auch ihre fleischigen Anhängsel scheinen sich zu bewegen. Ich sammle all meinen Mut und beginne zu laufen. Ich muss aus diesem unheimlichen Ort heraus, aus diesem Wald, der mich zu verschlingen versucht. Bei jedem Schritt muss ich aufpassen, nicht über die Wurzeln zu stolpern, und der brennende Schmerz in meinem Bein macht es nicht einfacher. Ich bin nicht so schnell, wie ich es mir erhoffe. Ich bete, dass dieser Ort bald Geschichte für mich sein wird, doch es ist kein Ende in Sicht.

Der grauenhafte Wald erstreckt sich endlos. Die widerlichen Pflanzen kommen immer näher. Plötzlich berührt mich eine von ihnen. Ihre nasse und glitschige Oberfläche windet sich wie ein Rüssel um meinen Oberarm und zieht mich an sich. Ich schreie aus tiefster Seele. So sehr ich den Tod herbeigesehnt habe, so viel Angst habe ich jetzt wieder davor. Die Tentakel ziehen mich in Richtung des Baumes empor. Grünes Moos bedeckt ihn vollständig und verleiht ihm eine rutschige und dumpfe Oberfläche. Neben der Tatsache, dass ich bereits schwer Luft bekomme, presst die Pflanze nun auch das letzte bisschen Sauerstoff aus meinen Lungen heraus, das mir noch geblieben war.

„Hilfe!“, schreie ich mit aller Kraft, die mir noch bleibt.

Wie erwartet, vergeblich. Mittlerweile schwebe ich in der Luft, über den Baumkronen. Eine unglaubliche Höhenangst packt mich. Würde dieses Wesen mich nun loslassen, würde ich in die Tiefe fallen, und dieser ganze Alptraum hätte endlich ein Ende. Doch zu meinem Entsetzen muss ich feststellen, dass ein ganz anderes Schicksal auf mich wartet.

Ich wünschte, ich wäre stattdessen in die Tiefe gestürzt. Vor meinen Augen öffnet sich ein gigantischer Schlund mitten im Baum unter mir. Seine Tentakel lassen mich langsam hinabsinken in ein riesiges Maul mit messerscharfen Zähnen. Die Baumkrone öffnet die Pforten in ihr Inneres. Mittlerweile habe ich alles aus mir herausgeschrien, was noch möglich war. Ich bin erstarrt, finde keine Worte mehr und versuche, das alles zu verdrängen.

Vielleicht ist es nur ein Albtraum. Sicherlich werde ich gleich aufwachen und in meinem Bett liegen, so wie all die Male zuvor. Lange, dicke Speichelfäden durchziehen das Maul des hungrigen Baumes. Ein tiefes Grölen dringt aus dem Schlund und sorgt für Gänsehaut auf meinem Körper. Ich habe keine Chance.

Die Tentakel sind einfach zu stark. Und in dem Moment, in dem der Baum seine Höllenpforten ultimativ für mich geöffnet hat, lassen die glitschigen Tentakel mich fallen. Ich stürze hinab, auf die riesigen, monströsen Zahnreihen zu und in die erneute Dunkelheit. Ich spüre keinen Schmerz. Es scheint, als wäre ich weich aufgekommen, und anscheinend lebe ich immer noch. Ich kann kaum etwas sehen. Es gibt keine Schattierungen oder Umrisse, die ich ausmachen kann. Aber ich höre etwas. Ich höre jemanden. Der Boden ist weich und matschig, und so kann ich Schritte auf dem weichen Untergrund vernehmen. Sie kommen immer näher.

„Arvid?", rufe ich in die Dunkelheit hinein.

Auch wenn es sicherlich nicht die klügste Entscheidung ist, einem Fremden ohne zu wissen, wer er ist, entgegenzurufen, war meine Hoffnung viel zu groß, endlich Arvid wiederzusehen. Plötzlich verstummen die Schritte. Ich spüre eine ausstrahlende Wärme direkt vor mir. Die Person muss vor mir stehen. Ich erschrecke für einen kurzen Augenblick, als dicke, wulstige Finger nach meinem Arm greifen. Ich erhebe mich und stehe nun direkt vor dieser mir fremden Gestalt. Langsam gewöhnen sich meine schweren Augen an die Dunkelheit, und sanfte Umrisse verdeutlichen meine Sicht. Einen Moment.

Das kann nicht sein. Der Mann aus dem Wald. Ich kann ihn erkennen. Der lange, schwarze Umhang und die mir bekannte Kapuze, die ihm bis ins Gesicht fällt.

„Ich kenne Sie", erkläre ich stotternd.

Der Mann gibt lediglich ein tiefes Lachen von sich. Meine aussichtslose Situation scheint ihn ganz prächtig zu amüsieren.

„Wo bin ich hier?"

Doch wie bereits bei unserem ersten Zusammentreffen erhalte ich auch dieses Mal keine Antwort auf meine Fragen.

„WER SIND SIE?", schreie ich ihm entgegen.

Ich bin kurz davor, meine Selbstbeherrschung zu verlieren. Ich versuche, mich aus seinem Griff zu winden, doch er ist einfach zu stark. Ganz ohne weiteren Kraftaufwand hält er mich weiterhin standhaft fest.

„Ich bin derjenige, der mit dem Tod tanzt", wiederholt er sich. „Und Arvid tanzt mit mir!", zischt der Fremde plötzlich.

Ein triumphierendes und hasserfülltes Lachen bricht aus seiner Kehle. Mit einer schnellen Handbewegung öffnet er sein langes, schwarzes Gewand, und eine mit gelblicher Flüssigkeit gefüllte Glaskugel ragt vor seinem Bauch empor. Sein nackter Oberkörper wirkt straff, lebendig und fast jugendlich, ganz anders als das, was ich mir unter diesem düsteren Gewand vorgestellt habe. Die Kugel blendet mich, und ich halte mir die Hände vor das Gesicht. Doch was ich dann erkennen kann, lässt mir den Atem stocken.

Tausende schreiende Seelen, verloren in diesem Tank aus Fluch und Hölle zugleich. Plötzlich kann ich Arvids Gesicht erkennen – sein mir vertrautes Ebenbild. Ich schreie seinen Namen der Kugel entgegen und versuche, nach ihr zu greifen. Doch der schwarze Mann drückt mich grob von sich weg. Du hinterlässt nichts weiter als ein blubberndes Geräusch inmitten all dieser scheußlichen Flüssigkeit. Ich kann nicht mehr atmen. Meine Atmung wird immer flacher und hektischer. Ich drohe zu hyperventilieren. Doch der große Mann packt mich, noch bevor ich das Bewusstsein verlieren kann.

„Arvid!", schreie ich empor.

Die große, behandschuhte Hand des Fremden packt mich an den Haaren und zieht mich zu sich heran.

„Dein Arvid ist nicht der, für den du ihn hältst", flüstert er mir plötzlich zu.

Ich bleibe abrupt stehen, versuche, mich nicht aus seinem Griff zu lösen.

„Du hast dich hinters Licht führen lassen. Du möchtest die Pforten des Bösen überqueren, um dich für einen Mörder aufzuopfern."

Seine Worte hallen erbarmungslos durch meinen Kopf.

„Für einen Mörder? Nein, für Arvid!", schreie ich ihm aufgeregt entgegen.

Der Mann beginnt erneut tief und vibrierend zu lachen, und mittlerweile spüre ich seine kalte Stirn, wie sie meine berührt. Angesicht zu Angesicht und doch kann ich seine Konturen nicht erkennen.

„Dein Freund Arvid ist kein Samariter. Während des Kriegs hat er unzählige unschuldige Frauen zu seinem Vergnügen vergewaltigt und dann blutrünstig ermordet. Ich habe seine schmutzige Seele aufgekauft, als er dort in seiner Todeskuhle hockte, und ihm das Leben im ewigen Jenseits angeboten. Die Menschen erhalten im Anschluss das Gesicht, welches sie nach Lebzeiten verdienen. Und dein Arvid ist ein Monster, er gehört genau hierher, meine Schöne."

Ich zittere am ganzen Leib.

„Du lügst!", schreie ich lauthals aus den Tiefen meiner trockenen Kehle.

Meine Stimme ist brüchig und schwach. Zu sehr habe ich sie in den letzten Stunden belastet. Mein Mund fühlt sich trocken und staubig an.

Ich sinke erneut auf meine Knie.

Die gelbe Kugel vor dem Bauch des Fremden verhülle ich mit seinem schwarzen Gewand. Das alles möchte ich nicht mehr sehen. Ich brauche die Wahrheit, Arvid. Stimmt es, was dieser Fremde mir sagt? Der Mann beugt sich zu mir hinunter und legt seinen Arm um meine Schulter. Er drückt mich sanft und mit einer unverhofften Zärtlichkeit an seinen Körper. Ich lehne mich gegen ihn. Aus der Angst, die ich einst für ihn empfand, ist Gleichgültigkeit geworden. Und aus der Liebe, die ich für dich empfand, lieber Arvid, ist Unsicherheit geworden. Einbetoniert in eine Starrhaltung aus Angst und Verlust. Soll er mich doch holen. Mich hier gefangen halten. Mein Leben dreht so viele Spiralen. Ich kann sie nicht mehr bewältigen. Nach einigen Minuten in Stille und Verzweiflung ergreife ich erneut das Wort.

„Wer sind Sie?", flüstere ich jetzt.

Leise und doch kraftvoll. Der Fremde packt mein rechtes Handgelenk langsam und zieht es in Richtung seiner Kapuze.

„Ich bin der Tod, kannst du es denn nicht sehen?", fragt er mich.

Seine Stimme klingt mit einem Mal völlig anders als noch vor ein paar Minuten. Beinah wirkt sie fürsorglich und hilfsbereit auf mich. Welche Trugbilder werden hier gespielt?

Mit einem kräftigen Ruck entblößt er seine Kapuze mithilfe meiner Hand und starrt mich aus verquollenen, beinahe schwarzen Augen an. Er trägt langes, schwarzes Haar, gebunden zu einem Pferdeschwanz. Seine markanten Kieferknochen sorgen für ein geheimnisvolles Erscheinungsbild. Er trägt tiefe Furchen unter seinen Augen, und einige Strähnen haben sich aus seinem Zopf gelöst. Er schaut mich erwartungsvoll an, doch ich kann nicht anders, als ihn verblüfft und ein wenig fassungslos anzustarren.

„Ich bin nicht so, wie du es dir vorgestellt hattest. In dieser Welt aus Dunkelheit, monströsen Machenschaften und Tod, habe ich recht?", fragt er mich sanft.

Ich kann nicht anders, als lediglich mit dem Kopf zu nicken. Ich bin gefangen. Gefangen in einem Bann aus Überforderung und Selbstzweifel. Wie konnte ich mich so sehr in dir irren, Arvid? Was einst als böse, unberechenbare Kraft galt, soll jetzt mein Hafen der Zuflucht sein? Und du … der Teufel in Person? Dieser abrupte Rollentausch hinterlässt ein starkes Ziehen hinter meiner Schläfe.

„Bist du dir sicher, dass Arvid all dies getan hat?"

Ich muss es ein weiteres Mal hinterfragen.

Gibt es denn mit Sicherheit keine andere Erklärung dafür?

„Glaube mir, Leandra, ich höre diese Worte der Verzweiflung oft. Jedes Mal, wenn ich beauftragt werde, jemanden in die Hölle zu berufen, kommen Familienmitglieder hinzu und suchen sich einen Weg auf die andere Seite, nachdem der Verstorbene versucht Kontakt zu ihnen aufzunehmen", eine kurze Pause deinerseits. „Doch die Wahrheit trifft sie alle wie ein Schlag. Der Teufel macht keine Fehler, und er täuscht sich nicht. Arvid ist nun im Kessel der verlorenen Seelen gefangen, und er versucht dich mit herunterzureißen, dich aus Egoismus mit in die Tiefe zu ziehen. Dies ist kein Ort, an den du gehörst. Du musst verschwinden. Arvid gibt es nicht mehr, Leandra", belehrt er mich und atmet dabei verzweifelt aus.

„Wieso hilfst du mir?", frage ich verunsichert. Wieso lässt er mich nicht einfach auflaufen und übergibt mich der monströsen Gestalt, die einst mein Geliebter war.

„Ich habe zu viele gute Seelen fallen sehen. Ich ertrage es nicht mehr. Du bist etwas Besonderes, Leandra. Ich habe es von diesem Moment an gespürt, als ich dich zum ersten Mal im Wald gesehen habe."

„Wieso hast du nicht mit mir gesprochen?", muss ich wissen.

„Der Teufel, er hat mich beobachtet. Ich wollte dir Angst machen, dir verdeutlichen, dass du verschwinden sollst und dir Arvid aus dem Kopf schlägst. Natürlich war mir bewusst, dass es nicht so einfach werden würde, aber deine Hartnäckigkeit hat mich ebenfalls sehr beeindruckt", schmunzelt der Tod entgegen.

Zu meinem Erschrecken muss ich feststellen, dass auch ich für einen kurzen Augenblick geschmunzelt habe. Welch skurrile Situation … doch mittlerweile wundert mich kaum noch etwas.

„Wie wird es jetzt weitergehen?", frage ich neugierig.

„Du wirst alles vernichten müssen, was dich an Arvid erinnert und dich mit ihm verbindet. Er darf keinen Zutritt mehr erhalten zu deiner Welt, zur Welt der Lebenden."

Seine Aufforderung kommt unerwartet. Wie soll ich all die Dinge auslöschen, die mich mit Arvid einst verbunden haben? Ich müsste ausziehen, in ein anderes Heim. In ein anderes Dorf, um mich von all dem zu befreien. Vorsichtig ziehe ich einen zusammengefalteten Brief aus dem Saum meines mittlerweile verschmutzten Nachtkleides. Ich falte ihn auseinander. Ich habe ihn geschrieben, um ihn dir zu überreichen, sobald ich dich auf der anderen Seite gefunden habe.

Nun würde ich ihn im Höllenfeuer verbrennen müssen, um mich von meiner großen Liebe zu schützen. Einem Mörder …

KAPITEL 7

Mein Liebster,

ich hinterlasse dir diese Zeilen, um dir meine ewige Liebe zu verdeutlichen. Dir zu zeigen, dass ich dich in jeder Lebenslage bedingungslos verehre und deine Nähe der Hafen meines Friedens ist.

Du hast mein Herz vor einem Jahrzehnt gestohlen, und es werden noch unendlich viele folgen. Denn jetzt lebe ich hier ... mit dir ... in dieser Welt der Ewigkeit auf der anderen Seite.

Es ist dunkel an diesem Ort, doch deine Liebe spendet mir Licht und Wärme und bahnt mir immer wieder den Weg in die richtige Richtung. Trotz der Umstände habe ich meine Entscheidung keineswegs bereut, ganz im Gegenteil, ein Leben ohne dich auf der anderen Seite wäre viel weniger lebenswert, es wäre wie der letzte Marsch mit Kurs auf das Podest des Galgens. Du bist mein Herz, mein Seelenverwandter. Beinahe könnte man behaupten, mein besseres Ich. Wann immer du meinen Rat, meinen Halt oder meine Zuflucht benötigst, ich bin da.

In ewiger Liebe, deine Leandra

Der Tod nickt mir zaghaft zu. Ich tue das Richtige, ich weiß es, und doch fällt es mir so unsagbar schwer. Tränen schießen erneut aus meinem Inneren hervor.

„Das ist nicht mein Arvid …", flüstere ich in die Stille hinein, und meine Stimme bricht unter dem Schwall meiner heißen Tränen zusammen. Ich lasse meinen Brief, geschrieben aus reinster Liebe, los.

Er fliegt empor, über unsere Köpfe hinweg in das unendliche Nichts, und bevor ich mich versehen kann, beginnt er zu lodern und in Flammen aufzugehen. Ein Stück von uns habe ich mit dem Untergang dieser Worte aufgegeben.

Es dauert nicht lange, bis einige Tage später die ersten Schlagzeilen über die Tode von Dutzenden Frauen die örtlichen Tagesblätter schmücken. Laut Artikel haben die Morde wenige Monate vor deiner eigentlich geplanten Rückkehr stattgefunden. Dein Antrieb dahinter?

Das werde ich wohl niemals erfahren. Der Täter ist noch unbekannt, jedoch weiß ich, dass er bereits in der Hölle für seine Schandtaten schmort. Ein Mensch, dem ich mich bedingungslos hingegeben habe. Für den ich bereit war zu sterben, mit dem ich ein Zuhause, ein Bett und den Esstisch geteilt habe. Wie kann man jemanden, den man anscheinend so sehr liebt, nur so gnadenlos hintergehen? Eine Frage, die ich mit Sicherheit niemals beantwortet bekommen werde. So wie all die anderen Fragen … Ich bin anders geworden seit diesem Vorfall. Du hast aus mir eine stärkere Frau gemacht, Arvid. Ich vertraue weniger und liebe nicht mehr so intensiv. Wahrscheinlich wird es eine kleine Ewigkeit dauern, bis ich überhaupt wieder so etwas wie wahrhaftige Liebe empfinden kann.

Das Leben, Gott und mein Schicksal haben mir eine gewaltige Lektion erteilt. Aber vielleicht haben sie mir auch einfach nur eine ganz besondere Aufgabe gegeben. Eine Aufgabe, für die ich von vornherein stark genug war. Nichtsdestotrotz pflege ich mittlerweile einen guten Kontakt mit dem Tod, und eines kann ich euch versichern: Es gibt nichts Spannenderes als Updates und den frischen Gossip direkt aus der Hölle.

Ende

Eine Welt voller Bücher

Unvergessliche Abenteuer
Faszinierende Charaktere
Neue Welten und Ideen

Bei Infinity Gaze endet
die Lesereise nie!

Jetzt entdecken unter:
www.infinitygaze.com